Dick Bruna

Nina am Meer

Georg Lentz Verlag

Zum Meer, den Dünen und dem Strand

ist es gar nicht so weit.

Papa nimmt Nina bei der Hand

sie gehen gern zu zweit

Ich nehm' den Eimer auch mit fort

sagt Nina. Sicherlich

gibt es viele Muscheln dort.

Ich fang' auch einen Fisch.

Gut, sagt der Vater, steig nur ein

ich zieh' dich schnell dorthin.

Nina sitzt im Wägelein

läßt sich vom Vater ziehn

Wie hoch die Dünen wirklich sind

hat Nina nicht gewußt.

Sie fahr'n hinunter wie der Wind

ach, ist das eine Lust!

Halt! Hier ist das große Zelt!

Wir sind endlich da.

Wenn am Strand das Wäglein hält

freut sich der Papa

Jetzt die Badehose an

und ins Wasser rein.

Nina, die gut schwimmen kann

taucht schon ganz allein

Dann wird aus dem nassen Sand

eine Burg gebaut

Nina, außer Rand und Band

ruft: Jetzt hergeschaut!

Immer höher wird der Wall

nur das Ohr sieht raus.

Ein Hasenkind auf jeden Fall

braucht am Strand ein Haus.

Und die schönen Muscheln dort

hast du sie erblickt?

Nina trägt im Eimer fort

was sie so entzückt

Auch der Hasenvater schwimmt.

Für ihn ist das neu.

Hasen sind – jawohl, das stimmt!

meistens wasserscheu

Prustend steh'n sie dann am Strand

der Vater hat, oh Graus

an den Pfoten ganz viel Sand

er möchte gern nach Haus

Nina fragt ob sie denn nicht

in der Sandburg schlafen können

Doch der Vater steckt den Wicht

ins Wäglein und fängt an zu rennen

Von Dick Bruna gibt es beim Georg Lentz Verlag auch noch:

Nina
Nina im Zoo
Nina im Schnee

1978
ISBN 3-88010-047-0
Text © 1978 für diese Ausgabe by Georg Lentz Verlag GmbH, München 19.
Sämtliche Rechte vorbehalten.
Deutsche Verse von Serafin Nimmersatt.
Illustrationen © Mercis 1963
Illustrationen: Dick Bruna
Gesamtherstellung: Brepols Fabrieken N. V. Turnhout
Translated and published in arrangement with
A. W. Bruna & Zoons Uitgeversmij B. V., Utrecht